PABLO ALBO
LUCÍA SERRANO

VIENTO ENFURECIDO

thule

Pero el viento que mueve las veletas y hace viajar a
las nubes es muy diferente al que te llena la barriga.
Hay que llevar cuidado con ese otro viento, el viajero.
Tiene un carácter terrible. Lo descubrí una tarde fría.

Mi madre me recogió en el colegio y volvimos a casa caminando. Durante todo el trayecto un aire fuerte y frío se entretuvo intentando arrancarnos los gorros, enredándonos las bufandas y helándonos el aliento.

En cuanto vi la puerta de mi casa abierta y comprendí que tan sólo quedaban un par de pasos, me di la vuelta de repente. ¡Qué susto debió llevarse el viento! Le miré y le dije: «¡Eres un pesado!».

Y no sólo hice eso. Hice algo más. Ahora me arrepiento. No se lo tomó nada bien. Le demostré que yo también sé hacer aire. Dejé que saliera de mí el que me corría por las tripas, que no era como él, que es frío y sin aromas.

«Toma, para ti.»

Y me metí corriendo en casa.

¡Tenías que haberlo visto! ¡Cómo se enfureció! Empezó a empujar los muros. Hizo vibrar las ventanas. Las tejas resistieron a duras penas. Parecía como si alguien llamara a todas las puertas al mismo tiempo. Así estuvo mucho rato. Hasta que se cansó y se fue. Pero ya sabía yo que volvería por la noche. El viento es traicionero, tiene mal perder y vuelve una y otra vez, una y otra vez, hasta que consigue lo que quiere. Y aun después.

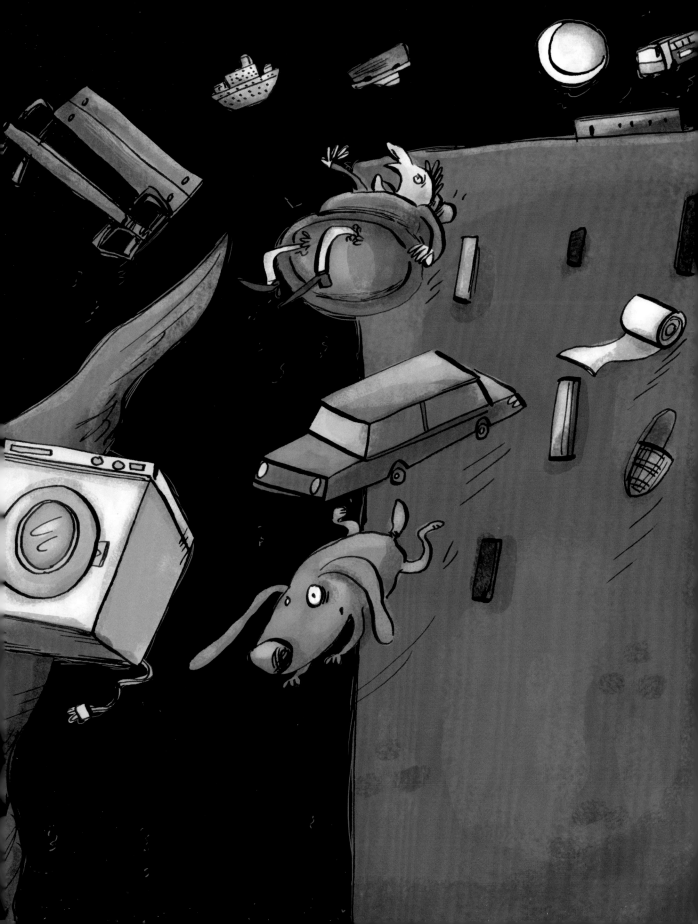

Cuando me fui a dormir, me creía bien
resguardado. Pero, en plena noche, cuando empezó
a mover la persiana con violencia y estampar sus
ráfagas contra la ventana, me di cuenta de que, si se
lo propone, puede meterse casi por donde quiera. Y esa
noche parecía querer entrar en mi casa. Levanté un
poco la persiana y me asomé. Vi la cara del viento.
Sí, sin duda quería entrar. Yo estaba muerto de miedo.

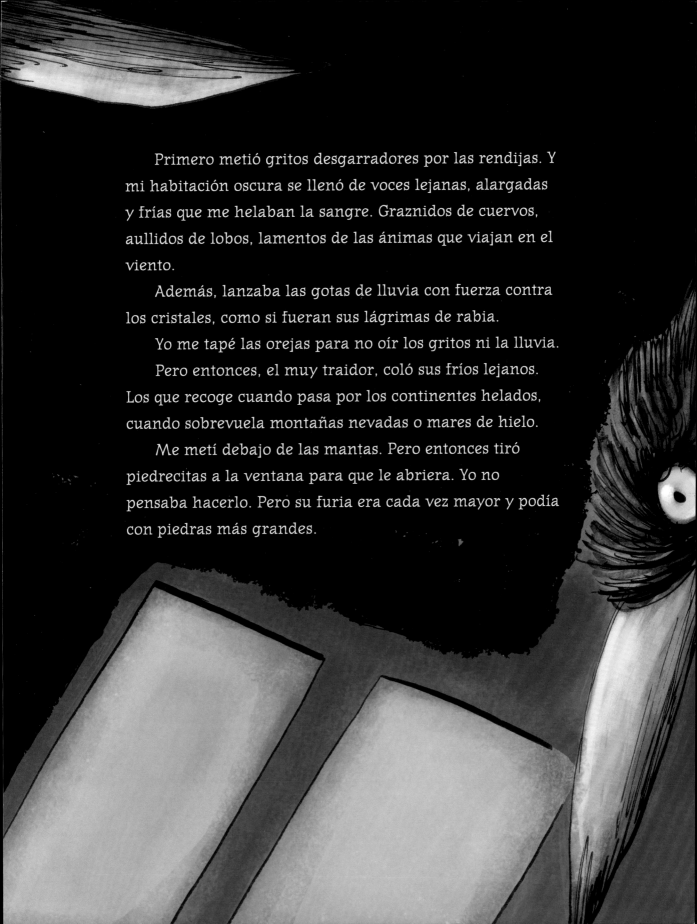

Primero metió gritos desgarradores por las rendijas. Y mi habitación oscura se llenó de voces lejanas, alargadas y frías que me helaban la sangre. Graznidos de cuervos, aullidos de lobos, lamentos de las ánimas que viajan en el viento.

Además, lanzaba las gotas de lluvia con fuerza contra los cristales, como si fueran sus lágrimas de rabia.

Yo me tapé las orejas para no oír los gritos ni la lluvia.

Pero entonces, el muy traidor, coló sus fríos lejanos. Los que recoge cuando pasa por los continentes helados, cuando sobrevuela montañas nevadas o mares de hielo.

Me metí debajo de las mantas. Pero entonces tiró piedrecitas a la ventana para que le abriera. Yo no pensaba hacerlo. Pero su furia era cada vez mayor y podía con piedras más grandes.

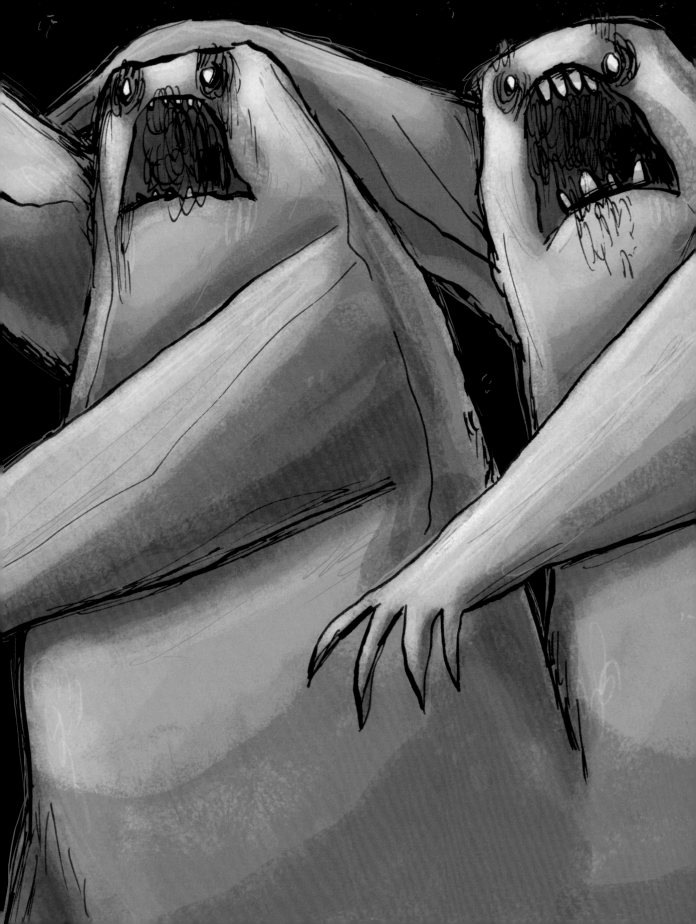

Cuando pasó un rato, pareció darse por vencido. A pesar de sus gritos desgarradores, de sus lágrimas de rabia, de los fríos lejanos y de las piedrecitas, no había conseguido entrar. Levanté la persiana y le saqué la lengua.

Una piedra grande como una manzana rompió el cristal.

El viento es más grande que una manzana, pero puede colarse por cualquier agujero.

Me escondí debajo de las mantas y me agarré
al colchón todo lo fuerte que pude, temiéndome que
saldría volando y yo con él. Imaginé que intentaría
sacarme por la ventana con colchón y todo. Haría
tanto ruido que despertaría a mis padres.

Mi fantasía me llevó a pensar que abrirían
la puerta diciendo «¿Qué se te ha ocurrido
ahora?», pero él se la cerraría en las narices. Y me
arrancaría del colchón y me sacaría por la ventana
y quedaría a merced del viento.

Sería su prisionero.

Casi me vi acompañándolo junto a las corrientes heladas y los gritos desgarradores y volviéndome pálido y delgado como una de sus ráfagas. Sí, tal vez eso sean las ráfagas de viento: niños y niñas que le perdieron el respeto. Me encargaría de tirar piedrecitas y los palitos contra las ventanas, esperando que algún día se cansara de mí y me dejara, vete tú a saber en qué país y a cuántos kilómetros de casa.

En realidad, haberle sacado un poco de burla no era para tanto. Además había empezado él. En el fondo, el viento lo sabía. A lo mejor por eso, en vez de hacer todo lo que yo me había imaginado, se conformó con el susto que me dio al romper el cristal.

Cuando llegaron mis padres, les dejó cerrar la
persiana y tapar el cristal roto con un tablón.
Siguió haciendo ruido, pero nada más que eso.

Y así fue como me libré de volverme pálido, delgado, esquelético y de que me llevara lejos y tener que llamar a las ventanas y rascar en los cristales.

Fue así como no me convertí en una ráfaga errante, aunque a punto estuve.

Me sigue encantando la coliflor hervida.

Viento enfurecido

Primera edición: mayo de 2014

© 2014 Pablo Albo (texto)
© 2014 Lucía Serrano (ilustraciones)
© 2014 Thule Ediciones, SL
Alcalá de Guadaíra 26, bajos
08020 Barcelona

Director de colección: José Díaz
Diseño y maquetación: Jennifer Carná

EAN: 978-84-15357-54-4
D. L.: B-9789-2014

Impreso en Índice, Barcelona. España

www.thuleediciones.com